Voitonlippu

Voitonlippu

Paavo Räisänen

Olen julkaissut aiemmin BoD:in kustantamana useita kirjoja.
Kirjailija sivuni: www.kirja-lakka.com

Kustantaja: BoD · Books on Demand,
Mannerheimintie 12 B, 00100 Helsinki, bod@bod.fi
Kirjapaino: Libri Plureos GmbH,
Friedensallee 273, 22763 Hampuri, Saksa
ISBN: 978-952-80-9742-6

1

baalin alttarit.siellä oli mies.käärme.saatana joka teki huorin sekä miehiä että naisia papeiksi ja papittariksi ja loi temppeliin pyhän ja seksiorgiat ja väitettiin.että siellä oli elävä Jumala takana ja kansa ei tiennyt totuutta.

baal oli saatana.jolla oli pimeyden henkivallat käytössään.

baalin alttarit löi lopullisesti Jeesus ristillä. saatana ei enää koskaan voi rakentaa sen veroisia.

Jumala oli kieltänyt Salomoa ja Israelin kansaa ottamasta vieraskansalaisia puolisoita ja baalin papittaria ja pappeja puolisoiksi.Salomo oli tottelematon ja ei kuunnellut.hän otti nöyriä.itkeviä baalin papittaria vaimoikseen.jotka vetosivat Salomoon.että Salomo pelastaisi heidät.Salomo otti myös vieraiden kansojen vaimoja.koska he tekivät naimaparannuksen ja Salomo halusi tehdä lahetystyötä.ottamalla vieraiden uskontojen vaimoja.Salomo lankesi nimenomaan baalin papittarien takia.he olivat tehneet Pyhän Hengen pilkan.olivat mahdottomia parannukseen.Salomo ei ollut tiennyt sitä.mutta Jumala oli varoittanut ottamasta.Salomo lankesi baalin papittarien takia pahoihin synteihin.hän alkoi taistella syntiä vastaan synnillä.hän myös turvautui vieraisiin uskontoihin.hän mm rakensi ammonin temppelin.siellä palveltiin elävää Jumalaa.mutta hirveällä harhaopilla ja sinä uskonnossa oli myös saatana mukana.

Salomo sai syntinsä anteeksi ja kuoli uskovaisena.

Miksi Salomolla oli lähes tuhat vaimoa.hänellä oli lempivaimo.ensimmäinen vaimo.hän pelasti pulassa olevia naisia.otti heidät puolisoikseen.

Salomo ei kieltänyt uskoaan.ei myöskään Manasse.mutta olivatko he todella uskovaisia pahimmissa synneissään.he tekivät kuitenkin parannuksen ja saivat syntinsä anteeksi.

saatana pystyy tekemään Jumalan. kerron Simsonin naiset.ne olivat saatanan huorin tekemiä käärme naisia.niillä oli Jumala.jolla painostivat Simsonin tekemään heidät huorin.he olivat saatanan.siioni antoi heille Jumalan.

Simson oli tuomari.todellinen Jumalan antama Israelin hallitsija.siioni kapinoi häntä vastaan.maassa oli saatanan temppeleitä.siioni antoi Simsonin sinne.he tuomitsivat hänet huoruudesta.liian kovista sanoista.puhuivat armosta ja rauhasta.

Jumala ei ole koskaan vaatinut naimattomuuden lupausta.ei edes hyväksy sitä.Jumala loi avioliton.ei anna asettua sen yläpuolelle.ainoa Raamatussa naimattomuuden lupauksen antanut oli Simson.hän antoi sen saatanalle.joka temppelissään vaati Simsonilta sen.Paavali kirjoitti:"olisi parempi.jos eläisisitte kuin minä.ilman vaimoa."hän ei antanut naimattomuuden lupausta.hänellä oli salainen morsian.olisi solminut avioliiton.jos esivalta olisi tehnyt parannuksen.hänen oli mahdoton kovassa sodassa saatanaa vastaan esivallan uhatessa murhalla solmia avioliitto.

Jumala sanoi Salomolle:"minä annan sinulle sinun miehen himos.ja vaimon.jopa useita heitä."tämä Sana oli Salomolle painajainen.hän halusi vain yhden vaimon.mutta se oli ennustus.hänen oli otettava turviinsa kaikki naiset.jotka vetosivat häneen.himo useampaan naiseen on synti.haaremit ja useampi vaimo ei ole Jumalan mielen mukaista.kuninkaat Raamatun aikaan ottivat useita vaimoja.Jaakob taasen petettiin.

Salomolla oli jo uskovaisena paljon vaimoja.hän makasi vain yhden kanssa kerrallaan.mutta kun hän otti baalin papittaria.he viettelivät Salomon ryhmäseksi orgioihin.ja tämä oli yksi Salomon synti.siellä kävi Salomon vaimojen luona myös muita miehiä.kun Salomo oli langennut.saatana lähetti heitä.

tarvitaan ne saarnat rakkauden ylistyslaulusta.jonka Paavali sota aikana piti.mutta rakkaus ei ole kaunistettuja sanoja.rakkaus on Jumalasta ja totta.se ei ole hempeä.eikä aistillinen.jos on.se on synti ja väärä rakkaus.

Raamattu ei tuominnut miestä siemenen laskusta.Vanhan Testamentin aikaan pojan ensimmäisestä siemensyöksystä uhrattiin.Vanha Testamentti sanoi:yöllisestä siemensyöksystä on uhrattava.he olivat tosiasiassa tehneet rumasti huorin omassa lihassaan.he uhrasivat sen synnin takia.uhraus ei sovittanut syntejä.se oli sen ajan Jumalanpalvelus.synnit piti jo silloin saada anteeksi Evankeliumin saarnasta.joka oli annettu ihmisille heti syntiinlankeemisen jälkeen.

2

lopun ajalla nousevat gnostilaisuuteen perustuvat opit.ne ovat jo nousseet.oppi.että Jeesus ei syntynytkään neitseestä.että Hän teki huorin Maria Magdaleenan kanssa tai oli hänen puolisonsa tai että Hänellä oli lapsi.nämä da vinci koodit ja vastaavat.perustuvat antikristukseen.jonka saatana loi Jeesuksen kuoltua ristillä ja ne nousivat pimeydestä ensin gnostilaisuutena.jota vastaan apostolit taistelivat.

oppi.että Jeesus oli hyvä.ei perustu Raamattuun.Hän itse sanoi:”miksi te minua hyväksi sanotte.ei kenkään ole hyvä.paitsi Jumala.”Jeesus rikkoi lakia ajamalla kaupustelijat ulos temppelistä ruoskan kanssa.Hän kirosi viikunapuun.tuomitsi fariseukset helvettiin ilman parannuksen teko mahdollisutta Pyhän Hengen pilkasta.

Jeesus oli Hyvä Paimen.Hän johdatti ihmisiä Hyvän Jumalan eteen.

Jumala on armahtava Isä.vihaa syntiä.kostaa.rankaisee.armahtaa katuvaa.

Jeesus sanoi sydämestä:”sieltä nousevat pahat ajatukset ja huoruudet.se on pahanilkinen ruumiinkappale ylitse muiden.”sydäntä on mahdoton käsittää.siellä kyllä asuu uskovaisella myös Jeesus ja se on myös rakkauden asuinsija.

”Älkää kuolleita surko.kuolleet he ovat.”opettaa Raamattu.ihminen on iänkaikkisuus olento.elää ikuisesti.lihamme maatuu.sielumme elää ikuisesti.saa uuden ruumiin.”Ne jotka minuun uskovat.eivät koskaan kuole.”opetti Jeesus.uskovaiset saavat uuden ruumiin iäisyydessä.elävät taivaan ihanuudessa.vaiva odottaa niitä.jotka eivät uskoneet.

Ihminen on kuin ruoho.elää hetken.kuolee.”Tuuli yli käy.sijaakaan ei näy.”emme saa jäädä suremaan kuolleita.Raamattu kehoittaa ottamaan oppia edesmenneiden elämästä.

Luther aloitti toimintansa itse.Jumala ei ollut käskenyt häntä toimimaan.Jumala kuitenkin siunasi hänen työnsä.antoi esivallan Raamatun.Luther oli oikeasti saarnamies.se käy ilmi hänen postilloistaan.jotka suurelta osin on kirkossa hylätty.hänen antamansa kirkkojärjestys on väärä.valheen enkelit antoivat virkoja.Luther joutui petetyksi ja saatanan vangiksi.hänen nimissään toimivat muut.Katekismus ei opeta oikein.sen oppi että Pyhä Henki yhdistää koko Kristikuntaa.on täysin väärä.kirkko ei ole koskaan ollut täysin uskovainen.jo Vanhan Testamentin aikaan kirkko kapinoi profeettoja ja Jumalaa vastaan.Katekismuksen oppi ripistä on kauhea ja ehtoollisoppi vastoin Raamattua.

Luther opetti.että kirkon ja valtion on pysyttävä erillään.kansankirkko on kirkon lankeemus.kirkolle ei kuulu miekka.se kuuluu esivallalle.kirkon kuului puhutella esivaltaa.tuli aika.jolloin kirkko ja hengellinen maailma lankesi.he opettivat.kuten Raamattu ennusti:"rauha.rauha.ja ei siellä rauhaa ole."sillä saatana sanoo olevansa hyvä.tekee hyvän ihmisen.hän alkoi opettaa kansaa.antoi väärän rauhan omilleen.jotka kuuntelivat häntä.

3

Ihminen ei voi oikeasti täysin kieltää Jumalaa.se on niin kirottu olotila.kommunistit tunnustivat salaa Jumalan.saatanan palvojat saatanan kourissa vetoavat salaa Jumalaan.tuli ateismin aika.saatana loi henkimaailman yliopistoille.joissa ei ole Jumalaa.ei saatanaa.ei käärmettä.henget hallitsevat.pimentävät ihmisen kyvyn nähdä Jumala ja kaikki.mikä ei perustu järkeen.järjen antaa saatanan enkeli.pimentää kyvyn nähdä Jumala ja Jumalan maailma.

tämän kertoo jo Raamattu:”usko sotii järkeä vastaan.”järjen ottaminen.merkitsee uskon hylkäämistä.turvaudutaan saatanan oppeihin ja henkimaailmaan.

Raamattu varoittaa kunnianhimosta.kaikesta kuuluu kunnia Jumalalle.Hän antaa lahjoja tarpeen mukaan.lahjoja esim. opiskeluun kuuluu pyytää Jumalalta.saatana loi kilpailevan järjestelmän.alkoi puhua järjestä ja älykkyydestä.Raamattu puhuu viisaudesta.Jumala antaa viisautta.joka perustuu Jumalan Sanaan.

aikamme on maallistunut.puhe talouskasvusta on ihmisten jumala.on huoli.jatkuuko kehitys.ihminen on ahne.haluaa aina lisää.mitä hän tarvitsee.Jeesus kertoi sen:elatuksen ja vaatteet.Raamattu valoittaa ahneudesta.rahan.vallan.ja kunnian himosta.syntiinlaneemuksen syy Paratiisissa oli tiedon jano.toi saastaisen lihan ja synnin sukupuolielämään.sillä ihminen ei halunnut vain tietää kaikkea luomakunnasta.hän halusi myös tuntea toinen ihminen.Jumala yksin tuntee ihmisen.tuntee ihmisen salaisuuden.tietää yksin kaiken.saatana antaa valhetta niille.jotka häntä kuuntelevat.mitä ihminen tarvitsee nyt elääkseen.hänellä on kaikki.on yltäkyllä elää.hän haluaa silti lisää.lapset raiskataan oppilaitoksissa saatanan antamilla harhaopeilla.opetetaan kaikki se.minkä Raamattu kieltää.sillä esivalta on kieltänyt Jumalan ja Hänen olemassaolonsa.henget hallitsevat.on oppi ihmisen kaikkivoipuudesta.mitä on ihminen.Jumalan edessä.

länsimainen ihminen on raiskattu.sen teki saatana opeillaan.millainen oli ihminen ennen ihmisen käyttäytymistä ja olemusta olevia tieteitä.tiedämme siitä jotain historiasta.saatana syytti Jumalaa.sanoi Jumalaa hirvitykseksi.joka saa aikaan sotia.hirmuhallitsijaksi.toi opin hyvästä ihmisestä.joka on hänen yksi persoonansa.mitä hän tosiasiassa teki hyvänä ihmisenä.raiskasi ihmiskunnan.

Raamattu antaa kuvan.että esim. Daavid ja Hiskia hallitsivat maata.totuus käy ilmi Raamatusta.kun sitä tutkii tarkoin.ei hallitsijalla koskaan ole ollut valtaa.uskovaiset kuninkaat kuuntelivat profeettoja.joille Jumala ilmoitti tahtonsa.ei Hiskia oikeasti kukistanut baalin alttareita.ei saatanaa voi voittaa aseella.Jesaja kukisti alttarit.Hiskia käytti miekkaa.esivallalla on miekka.miekalla ei ole mahdollista hallita.on joku.joka hallitsee miekkaa.oppeja.joden perusteella sitä käytetään.

Kaikki lapset syntyvät taivaaseen.kuten Raamattu kertoo.lapsen itku.mitä se kertoo.pieni lasi on aina uskovainen kun syntyy.hän muistaa pienenä vauvana ihanan osansa taivaassa.hän näkee:häntä vietellään syntiin.yritetään tehdä kuningas.hänelle luvattiin paljon enemmän.sillä hallitsijat ovat ihmisen lankeemisen syy.Jumala antoi Israeliin kuninkaan.koska kansa vaati sen.Jumalan tahto olisi ollut.että tuomarit.profeetat olisivat hallinneet.

saatanan luolan tarkkaan varjeltu salaisuus

jonka hän opettaa papeilleen

savun murhan huoruuden himon mustan veren salaisuus

muistan Elian uhraamassa alttarilla

taivaan tulella hän sytytti alttarin karitsan

katsoi uskon silmin ristille

tulevaan vapahtajaansa

hän tunsi tämän mustan himon salaisuuden

baalin temppeleistä

oli tuhonnut sen käärmeen

kertomalla sille sen

Tuomiotemppeli seisoo järven rannalla

matalat ovat sen majat

sillä Jumala ei asu käsillä tehdyissä majoissa

ei koristelluissa rakennuksissa

Hän sanoi:älä tee Minusta kuvaa

ihminen ei uskonut

uskooko ihminen Jumalaan

mitä Hän sanoi Sanassaan

hän epäilee

sanoo ajan muuttuneen

Jumalan sen mukana

kuitenkin Raamattu Sanoo

Sana on ikuinen

Oli saatanan maa
sillä ei ollut rajoja
yli valtakuntien olivat sen rajat
epätoivoinen oli kansa sen
he eivät uskoneet pelastukseen
sillä hekuma oli vienyt heidät
rahat.vallan himo
oli Jeesus joka tarjosi armoa
mutta he olivat uskoneet
huorin tehneeseen Jeesukseen
mistä lohtu kansan
Siionin saarna voimakas

tarjosi vielä armoa
saatanan temppelit
mitä teitte
olivat huorin tehneet neitseet
lapset jotka pyysivat armoa
eivät saaneet
saivat harhaopit

seurasalista loistaa Pyhän Hengen tuli

heillä on saarnaaja

sillä kuinka he kuulisivat ilman saarnaajaa

”mutta ne jotka eivät uskoneet,

jäivät synteihinsä”

on lauma epäuskoisten

ei kelpaa armo

ei Jumalan rakkaus

on himo vain maalliseen

eivät osta Sanaa

ilman hintaa.ilman rahaa

teot hyvät

ovat heidän autuutensa

osa armon lapsen

liian on halpa

arvoton

www.ingramcontent.com/pod-product-compliance
Ingram Content Group UK Ltd.
Pitfield, Milton Keynes, MK11 3LW, UK
UKHW021348160826
14477UKWH00024B/552

9 789528 097426